ANDRÉ THEURIET

LE
Livre de la Payse

— NOUVELLES POÉSIES —

(1872-1882)

PARIS

ALPHONSE LEMERRE, ÉDITEUR

27-31, PASSAGE CHOISEUL, 27-31

—

M DCCC LXXXIII

LE

LIVRE DE LA PAYSE

— POÉSIES NOUVELLES —

—

(1872-1882)

OUVRAGES DU MÊME AUTEUR

POÉSIE

ROMAN

THÉATRE

ANDRÉ THEURIET

LE
Livre de la Payse

— NOUVELLES POÉSIES —

(1872-1882)

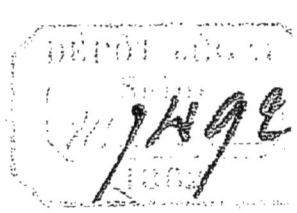

PARIS
ALPHONSE LEMERRE, ÉDITEUR
27-31, PASSAGE CHOISEUL, 27-31

M DCCC LXXXIII

A L'AMIE

DES BONS ET DES MAUVAIS JOURS,

A MA BIEN-AIMÉE PAYSE ET CHÈRE FEMME

HÉLÈNE,

CE PETIT LIVRE EST DÉDIÉ.

A. Th.

A la Payse

OUR *fêter le printemps, ce soir,*
J'ai versé le vin du terroir
Dans une coupe de Venise,
Et d'abord, comme au temps jadis,
Je lève mon verre et je dis :
  A la Payse!

Honneur à la payse! — Elle est
Naturelle comme un bon lait
Qui sent le thym et le cytise ;
Franchise et bonté, deux aimants,
Ajoutent aux enchantements
  De la Payse.

Elle a le charme, elle a l'esprit,
Et la grâce qui ne fleurit
Qu'à Paris, la grâce exquise ;
Mais l'âpre et rustique verdeur
Forestière est restée au cœur
  De la Payse.

Quand elle s'oublie en causant,
Parfois son vieux sang paysan
S'éveille, et c'est une surprise
Que d'ouïr le rude patois
De chez nous chanter dans la voix
  De la Payse.

Le village entier reparaît
Alors devant moi. — La forêt,
Le vignoble et la friche grise,
Les prés et la Meuse au travers,
Je revois tout dans les yeux verts
  De ma Payse !

Elle est ma flamme et ma gaîté ;
Comme la rosée en été
Dans un bain de soleil s'irise,

Ainsi mes vers prennent couleur
Et s'allument à la chaleur
  De la Payse.

C'est pourquoi, si dans l'avenir
Mon livre a l'heur de retenir
L'humble place qu'il aura prise,
J'y veux comme sur un fronton
Dès aujourd'hui mettre le nom
  De la Payse.

Pour que dans les âges futurs,
Échappant aux oublis obscurs,
Quelque vers sonore éternise
Et place à jamais hors de pairs
Ton grand cœur et tes beaux yeux pers,
  O ma Payse!

Avril 1882.

LE PATOIS DU PAYS

Légers flocons tombant des hauteurs de la nue,
Rappelez-moi comment mon amour est venue.

C'était un jour d'hiver à celui-ci pareil,
Où tournoyait encor dans un ciel sans soleil
Une poudre de neige immaculée et fine,
Enveloppant Paris comme un manteau d'hermine.
Le sol en était blanc et sur l'épais tapis
Les bruits du boulevard s'éteignaient assoupis.
Le bras au bras, parmi l'ombre crépusculaire,
Nous revenions tous deux d'un concert populaire :

Elle, brave, narguant le vent du Nord glacé,
Et rieuse, à l'abri du voile noir baissé
Où ses beaux grands yeux verts luisaient sous la dentelle;
Moi, tout aise et tout fier de cheminer près d'elle.
Silencieux, ayant aux oreilles encor
Comme un enchantement l'écho du *Septuor*,
Nous marchions... Devant nous, les feux de la grand'Ville
Dans la brume du soir s'allumaient à la file.
Paris s'illuminait, et, tout au fond de moi,
Je sentais peu à peu sourdre un secret émoi,
Indécis et confus comme une aube naissante,
Mais exquis, possédant la douceur caressante
De la voix de la mer qu'on entend de très loin.

Premiers désirs d'amour enfermés dans un coin
Du cœur, comme un œillet au fond de son calice,
Heureux qui sait goûter votre intime délice!
Le dedans de la fleur demeure encor voilé,
Mais on pressent déjà, sous le bouton gonflé,
La corolle embaumée et sa robe écarlate;
Qu'un vol de papillon s'y pose, et tout éclate...

Ce coup d'aile enchanteur qui devait tout changer,
Ma charmeuse le fit naître sans y songer,
Et pour épanouir l'amour dans ma poitrine

Un mot suffit, tombé de sa bouche câline,
Un vieux mot de patois, sonore et musical,
Qu'elle me dit avec l'accent lorrain natal.

Sur ses lèvres, ainsi qu'un doux mort qu'on exhume,
Quand tu ressuscitas, ô mon patois lorrain,
Le grand Paris fiévreux s'évanouit soudain,
Et ce fut comme un coup de soleil dans la brume.

Je revis ce terroir, notre berceau commun,
Où des impressions profondes et pareilles,
Éblouissant nos yeux et charmant nos oreilles,
Ont laissé dans nos cœurs un agreste parfum :

Les friches aux gazons semés de marjolaines,
Les villages bordés de noyers, le routoir
Plein de chanvre, les bois où l'on entend le soir
Les appels familiers des chercheuses de faînes ;

Les pruniers noirs de fruits, les vignes des coteaux
Bourdonnantes d'un vol de grives et d'insectes,
Où s'interpellent dans leurs rudes dialectes
Les vendangeurs hâlés qui grimpent hotte au dos...

2

Patois de mon pays, ta musique ne vibre
Ni ne chante à l'égal des langues du Midi;
Ton idiome est sourd, mais robuste et hardi;
C'est le mâle parler d'un cœur vaillant et libre.

Tantôt souple et traînant, tantôt presque brutal,
Gris comme notre ciel et fort comme nos terres,
Tu représentes bien ces âpres caractères
Que l'air de nos forêts trempe comme un métal.

Pourtant dans ta rudesse un mot parfois se glisse
Comme un bleuet se mêle aux lourds épis de blé;
Un mot tendre, enfantin, lentement modulé
Sur un rythme berceur comme un chant de nourrice.

Ce fut un de ceux-là qu'elle me répéta
En souvenir des jours passés dans son village,
Et ce mot imprégné d'odeurs de pâturage
Me remua si fort que mon cœur éclata.

Et nos lèvres ensemble à ce vase rustique,
Comme Yseult et Tristan aux âges fabuleux,
Burent avec délice un breuvage amoureux
Qui fit couler en nous sa vertu magnétique.

Depuis ce soir d'hiver nous nous sommes aimés
D'une tendresse égale, immuable et sereine ;
Je te rends grâce, ô vieux patois de ma Lorraine,
Pour ces solides nœuds que ton charme a formés.

Les printemps passeront comme des hirondelles,
Les hivers sur la ville et les champs neigeront,
Et nous pourrons vieillir, mais nos amours croîtront,
Plus ferventes encore et toujours plus fidèles.

Car dans le vert pays des vignes et des bois
Ayant au sol pierreux, comme toi, pris racine,
Elles ont ta verdeur et ta mâle origine,
Langue des paysans lorrains, ô mon patois !

LA CHANSON DE LA BOUTEILLE

VERSEZ du charbon nuit et jour,
    A plein tas, enfants! Plus encore!
Que la fonte, aux bouches du four,
Soit rouge comme un ciel d'aurore.
Charbon, fougère et sable fin,
La forêt donne tout, pour faire
Ce clair et frêle abri du vin :
    Le verre.

Comme au souffle pur d'un enfant
S'enfle une bulle diaphane,
La bouteille se gonfle au vent
Du verrier soufflant dans sa canne ;

2.

Elle sort du moule pesant,
Toute molle encore et vermeille.
Salut! cours le monde, à présent,
  Bouteille !

Froids bordeaux, bourgognes fumeux,
A la couleur pourprée ou blonde,
Quels vins ignorés ou fameux
Chanteront dans ta panse ronde ?
Quand un buveur décoiffera
Ta cire vierge, un jour de fête,
Quelle ivresse ensoleillera
  Sa tête ?

Quel gîte auras-tu ? quel destin
T'attend sur ta route douteuse ?
Panier d'argent, comptoir d'étain,
Nappe blanche ou table boiteuse ?...
Chez les bourgeois ou chez les gueux,
Quelque part où le cièl t'envoie,
Mets tous les cœurs et tous les yeux
  En joie.

Mais bien plutôt reste avec nous,
Bouteille du pays d'Argonne !
Qu'on te remplisse du vin doux
Chauffé par nos soleils d'automne,
Et qu'en octobre, assis au frais,
Un robuste coupeur de chênes
Te vide en l'honneur des forêts
Lorraines.

L'AUBERGE

L<small>E</small> travail chôme, c'est dimanche;
La campagne dort, c'est l'hiver;
Les toits sont blancs, la terre est blanche,
Et la neige vole dans l'air.

Nargue du froid! La porte est close
A l'auberge du *Soleil d'or*;
L'âtre flambant et le vin rose
Y font la nique au vent du Nord.

Tout autour de la longue table
Trinquent bûcherons et *chaveurs*[1].
Les troupeaux blottis dans l'étable
Bêlent en réponse aux buveurs.

1. Bêcheurs de vignes.

« Ohé! la mère, une bouteille!
— Goûtez ce vin cuit! — Un velours!
Ça vous réchauffe et vous réveille.
— A vos santés! — A vos amours! »

La vieille hôtesse à tête grise
Va, vient... La fille du logis
Près de la vitre reste assise,
Immobile et les yeux rougis.

Ses soupirs ont fondu le givre
Qui couvrait les carreaux étroits,
Et ses yeux se lassent à suivre
La route blanche au coin du bois.

C'est par là qu'a fui, cet automne,
L'ami que son cœur aime-tant,
Et depuis lors l'enfant mignonne
Rêve et languit en l'attendant.

L'auberge a beau faire vacarme...
Vers ce coin de route glacé,
Son regard où tremble une larme
Demeure obstinément fixé.

AU MANOIR DE KERVENARGAN

SIMPLE manoir caché dans un pli de la lande,
  Sous les pins murmurants et sous les chênes verts,
Ton jardin aux senteurs de sauge et de lavande
Fleurit dans ma mémoire et parfume mes vers.

Le long des buis touffus qui bordaient les allées,
Plantes de tout climat et de toute saison
Mariaient leurs odeurs lentement exhalées :
Menthes, héliotrope et roses à foison.

Et tout en respirant le souffle aromatique
De ces parfums épars dans la tiédeur de l'air,
Je retrouvais en moi le souvenir rustique
D'un vieux jardin planté dans un bourg qui m'est cher.

Ainsi malgré la mer, la plaine et la montagne,
Ma province lorraine, aux vignobles en fleur,
Et les landes sans fin du pays de Bretagne
Par ce fil embaumé s'unissaient dans mon cœur.

LES PAYSANS

A mon ami Camille Fistié

L E village s'éveille à la corne du pâtre,
Les bêtes et les gens sortent de leur logis;
On les voit cheminer sous le brouillard bleuâtre,
Dans le frisson mouillé des alisiers rougis.

Par les sentiers pierreux et les branches froissées,
Coupeurs de bois, faucheurs de foin, semeurs de blé,
Ruminant lourdement de confuses pensées,
Marchent, le front courbé sur leur poitrail hâlé.

3

La besogne des champs est rude et solitaire :
De la blancheur de l'aube à l'obscure lueur
Du soir tombant, il faut se battre avec la terre
Et laisser sur chaque herbe un peu de sa sueur.

Paysans, race antique à la glèbe asservie,
Le soleil cuit vos reins, le froid tord vos genoux;
Pourtant, si l'on pouvait recommencer sa vie,
Frères, je voudrais naître et grandir parmi vous !

Pétri de votre sang, nourri dans un village,
Respirant des odeurs d'étable et de fenil,
Et courant en plein air comme un poulain sauvage
Qui se vautre et bondit dans les pousses d'avril,

J'aurais en moi peut-être alors assez de sève,
Assez de flamme au cœur et d'énergie au corps,
Pour chanter dignement le monde qui s'élève
Et dont vous serez, vous, les maîtres durs et forts.

Car votre règne arrive, ô paysans de France;
Le penseur voit monter vos flots lointains encor,
Comme on voit s'éveiller dans une plaine immense
L'ondulation calme et lente des blés d'or.

L'avenir est à vous, car vous vivez sans cesse
Accouplés à la terre, et sur son large sein
Vous buvez à longs traits la force et la jeunesse
Dans un embrassement laborieux et sain.

Le vieux monde se meurt. Dans les plus nobles veines
Le sang bleu des aïeux, appauvri, s'est figé,
Et le prestige ancien des races souveraines
Comme un soleil mourant dans l'ombre s'est plongé;

Mais vous croissez... L'effroi des nombreuses lignées
N'arrête point l'essor de vos mâles amours;
Pour de nouveaux enfants vos femmes résignées
Voient s'arrondir sans peur leurs robustes contours.

L'avenir est à vous!... Nos écoles sont pleines
De fils de vignerons et de fils de fermiers;
Trempés dans l'air des bois et les eaux des fontaines,
Ils sont partout en nombre et partout les premiers.

Salut! Vous arrivez, nous partons. Vos fenêtres
S'ouvrent sur le plein jour, les nôtres sur la nuit...
Ne nous imitez pas, quand vous serez nos maîtres,
Demeurez dans vos champs où le grand soleil luit...

Ne reniez jamais vos humbles origines,
Soyez comme le chêne au tronc noueux et dur :
Dans la terre enfoncez vaillamment vos racines,
Tandis que vos rameaux verdissent dans l'azur.

Car la terre qui fait mûrir les moissons blondes
Et dans les pampres verts monter l'âme du vin,
La terre est la nourrice aux mamelles fécondes ;
Celui-là seul est fort qui boit son lait divin.

Pour avoir dédaigné ses rudes embrassades,
Nous n'avons plus aux mains qu'un lambeau de pouvoir
Et, pareils désormais à des enfants malades,
Ayant peur d'obéir et n'osant plus vouloir,

Nous attendons, tremblants et la mine effarée,
L'heure où vous tous, bouviers, laboureurs, vignerons,
Vous épandrez partout comme un ras de marée
Vos flots victorieux où nous disparaîtrons.

VIGNES EN FLEURS

Nos vignes ont fleuri ce soir, et leur odeur,
   Où je ne sais quel philtre amoureux se mélange,
Flotte dans l'air ainsi qu'un souffle avant-coureur
    Des ivresses de la Vendange.

Étrange affinité! Le vieux vin du caveau
S'éveille dans les fûts; il tressaille et pétille
Comme un vieillard pensif, qui songe au renouveau
    Lorsque passe une jeune fille...

Et moi-même je cède à cet enivrement;
Ce parfum virginal me trouble et me pénètre,
Et je le sens en moi fermenter sourdement
    Comme la sève au cœur d'un hêtre.

J'ai rempli jusqu'aux bords un verre de cristal
D'un clair vin du pays, plein de paillettes blondes,
Et maintenant, ô fleurs du vignoble natal,
    Je bois à vos noces fécondes !

L'âme du vin monte sans bruit
Dans mon verre, en perles d'écume,
Et s'évapore dans la nuit
Que la fleur des vignes parfume ;
Mon rêve à son tour prend l'essor,
Et ses légères bulles d'or
Montent dans mon cerveau qui fume.

O capiteux bouquet du vin,
Haleine des grappes écloses !
Pourquoi ne suis-je au temps divin
Des antiques métamorphoses ?
Je voudrais comme un dieu subtil
Me mêler aux sèves d'avril,
Me fondre dans l'âme des choses !...

Dans mon verre plein de liqueur,
Le ciel étoilé se reflète.

O joyeuse ivresse du cœur,
Claire ivresse, chère au poète,
Prends-moi sur ton aile, et fuyons
Au pays des illusions,
A travers la nuit violette !

Est-ce un rêve des soirs d'été ?
Ou la vigne en fleur, cette fée,
D'un baiser m'a-t-elle enchanté ?...
Son odeur me vient par bouffée,
Et je crois dans l'obscur chemin
Voir la Vendange, serpe en main,
Pieds nus et robe dégrafée.

Les coteaux sont pleins de bruits sourds
Qu'un limpide écho me renvoie ;
Sous la charge des raisins lourds
Le vigneron chancelle et ploie ;
La cuve dans le vendangeoir
Boût, et le vin sort du pressoir
Comme un vermeil ruisseau de joie.

Le pur sang des raisins pourprés
Exhale partout son haleine ;

Les bruns vendangeurs enivrés
S'en vont bondissant par la plaine,
Et l'on entend dans les ravins
Comme un chœur de jeunes Sylvains
Dansant autour du vieux Silène...

Mon verre est vide. Au ciel la nuit poursuit son vol,
Et toujours cette odeur pénétrante m'arrive
Avec le chant lointain du dernier rossignol
    Et les premiers cris de la grive.

Je m'endors, et tandis que le pâle matin,
Frissonnant, sur le front des collines se lève,
La fleur des pampres verts et le bouquet du vin
    Embaument l'azur de mon rêve.

LE MAL DU PAYS

L E coq chante; le jour s'allume
       Et flambe à l'Orient vermeil.
Le maître, enfoncé dans la plume,
Boit un dernier coup de sommeil.

A plein cœur aussi, la servante
Dort là-haut dans son coin de mur.
« Debout, petite, le coq chante,
L'ouvrage attend, le maître est dur. »

Elle descend à sa cuisine.
Ce matin, tout va de travers :
La bûche noire se calcine,
Sans brûler, sur les fagots verts;

La bouilloire parmi la braise
Se renverse avec des sanglots;
Et l'enfant s'assied sur sa chaise,
Découragée et le cœur gros.

Le soleil rit, mai vient de naître...
Elle se sent triste à mourir,
En regardant par la fenêtre
Les cerisiers prêts à fleurir.

Ainsi qu'une lointaine image,
Elle a, pendant qu'elle dormait,
Toute la nuit vu son village
Et le beau galant qu'elle aimait.

Les garçons sur l'herbe nouvelle,
Avec leur mignonne au côté,
Dansaient dans son rêve... « Ah! dit-elle,
« Pourquoi le coq a-t-il chanté?

« O mes bois pleins d'odeurs de fraise,
« Oh! les yeux bleus de mon ami,
« Afin de vous voir à mon aise,
« Que n'ai-je pour toujours dormi!... »

NOCTURNE

L A lune luit parmi les branches
Sur la calme fraîcheur des eaux;
Elle mêle ses roses blanches
Aux longs cheveux verts des roseaux.

Là-haut, dans la nuit qui se lève,
Les cerfs cheminent à pas lents;
Un oiseau léger comme un rêve
S'enfonce dans les joncs tremblants.

Je marche en pleurant, tête basse,
Et dans l'intime reposoir
De mon cœur, ton souvenir passe,
Doux comme un Angelus du soir.

(Imité de Lenau.)

FLEURS DE PAQUES

Les champs ont reverdi. Salut, fleurs paysannes,
Que le soleil de mars répand dans les sentiers :
Narcisses, jolis-bois, chatons des noisetiers,
Tout découpés à jour comme des filigranes !

Je vous respire, et mon village est devant moi :
— Les cloches aux voix d'or chantent Pâque-fleurie,
Les rameaux, agités par la foule qui prie,
Mettent un frisson vert dans l'église en émoi.

Je revois le pupitre où le chantre en lunettes
Rythme les temps du psaume avec son nez vermeil,
Et les enfants de chœur, rouges, dans le soleil
Qui tombe d'un vitrail où jasent des fauvettes.

4

La petite Francine est assise à son banc,
Et dans mon paroissien neuf oubliant de lire,
Sur la pointe des pieds je me dresse, et j'admire
Ses cheveux blonds noués par un bout de ruban.

Tandis que le curé bénit les branches vertes,
Je regarde l'enfant et les rameaux en fleur,
Et je me sens joyeux, rien qu'à voir dans le chœur
L'azur du ciel profond rire aux vitres ouvertes.

Jonchant l'autel ainsi qu'au temps des reposoirs,
Le saule mêle au buis son odeur amollie,
L'encens fume et Francine est encor plus jolie
Dans ce fin brouillard bleu qui sort des encensoirs...

Amour naïf, ta pure image s'illumine
Et me sourit au fond de la brume des ans,
Comme dans les vapeurs légères de l'encens
Me souriaient jadis les yeux clairs de Francine !

Et vous qui ramenez ce lointain souvenir,
Salut, ô fleurs de mars, blondes comme l'enfance,
Fleurs douces à cueillir quand la route commence,
Et douces à revoir quand elle va finir !

MARINE

S OUVENT je rêve, ô chère enfant,
  Que nous errons, seuls, loin du monde,
Au gré de la vague et du vent,
Sur la mer houleuse et profonde.

La vaste mer aux flots plombés
Gronde, sombre et mystérieuse,
Et nous sommes seuls, absorbés
Dans notre extase insoucieuse.

La vague bondit en fureur,
Je te tiens dans mes bras serrée,
Et plus sauvage encor, mon cœur
Bat dans ma poitrine enfiévrée.

Mon amour fier et triomphant
Grandit au bruit de la tourmente,
Et toi sur mon sein, chère enfant,
Tu te rejettes, frissonnante.

Tu lèves d'un air anxieux
Vers moi ta prunelle azurée ;
Tu lis le bonheur dans mes yeux
Et tu me souris, rassurée...

Comme des coursiers épuisés
Les flots retombent blancs d'écume,
Peu à peu les vents apaisés
S'endorment sur la mer qui fume.

Profonde paix des flots calmés !...
Sur mon épaule tu reposes
Ta tête aux cheveux embaumés...
O paix, calme profond des choses !

Nos cœurs s'écoutent palpiter
Et tu me parles à l'oreille,
Tout bas, pour ne pas irriter
La mer grondeuse qui sommeille.

La lune, à l'Orient plus pur,
Lentement soulève ses voiles;
Dieu sur l'infini de l'azur
Fait pleuvoir des milliers d'étoiles;

Et moi, comme un dieu bienheureux,
Sur tes yeux je fais en silence
Pleuvoir des baisers plus nombreux
Que les astres du ciel immense.

(*Imité de Lenau.*)

LES FOINS

—

A Jules Bastien-Lepage

Au clair appel du coq chantant sur son perchoir,
Les faucheurs se sont mis à l'œuvre, et la prairie
Dans la blanche rosée a déjà laissé choir,
Derrière eux, un long pan de sa robe fleurie.

Les bruissantes faux vibrant à l'unisson
Ouvrent dans l'herbe mûre une large tranchée;
Deux robustes faneurs, là-bas, fille et garçon,
Retournent au soleil l'odorante jonchée.

Leurs yeux brillent, l'amour sur le même écheveau
A mêlé les fils d'or de leur double jeunesse,
Et le voluptueux parfum du foin nouveau
A leur naissant désir ajoute son ivresse...

Comme eux, j'éprouve aussi ton mol enivrement,
Fenaison !... Je revois la saison bienheureuse
Où j'allais par les prés, cherchant naïvement
La fleur qui donne au foin son haleine amoureuse.

Et les herbes tombant au rythme sourd des faux
M'apportent le parfum des lointaines années,
Dont le Temps, ce faucheur marchant à pas égaux,
Eparpille après lui les floraisons fanées.

La vie est ainsi faite. Elle ondule à nos yeux
Comme une plantureuse et profonde prairie,
Dont un magicien tendre et mystérieux
Varie à tout moment l'éclatante féerie.

Nous y courons ravis, cueillant tout sans choisir,
Fauchant jusqu'aux boutons qui s'entr'ouvrent à peine ;
Mais l'éblouissement nous ôte le loisir
De savourer les fleurs dont notre main est pleine.

Nos merveilleux bouquets doivent comme le foin
Se faner pour avoir leur plus suave arome ;
C'est quand l'enchantement d'avril est déjà loin
Que son ressouvenir nous suit et nous embaume.

Le présent est pour nous un jardin défendu
Et nous n'entrons jamais dans la terre promise ;
Mais l'éternel regret de ce bonheur perdu
Donne à nos souvenirs une senteur exquise...

Peut-être est-ce un regret de leur brève splendeur
Qui donne aux foins coupés ces subtiles haleines ?...
Toutes les fleurs des prés s'y mêlent comme un chœur :
Sauges et mélilots, flouves et marjolaines.

Leur musique voilée a des philtres pour tous.
Elle fait soupirer les pensives aïeules
Assises sous l'auvent le front dans les genoux,
Et les bruns amoureux couchés au pied des meules.

La nuit, avec le chant des sources dans les bois,
Quand ce concert d'odeurs monte au ciel pacifique,
Vers le bleu paradis des saisons d'autrefois
Le cœur charmé fait un retour mélancolique.

Dans ce passé limpide il croit se rajeunir ;
Il y plonge, il y goûte une paix endormante,
Mollement enfoncé dans le doux souvenir
Comme en un tas de foin vert et sentant la menthe.

Puissé-je pour mourir avoir un lit pareil,
Et que ce soit au temps des fenaisons joyeuses,
Quand les grands chars pleins d'herbe, au coucher du soleil,
Ramèneront des prés la troupe des faneuses !

Au soir tombant, leurs voix fraîches éveilleront
L'écho des jours lointains dormant dans ma mémoire ;
Je verrai s'allumer les astres sur mon front
Comme des lampes d'or au fond d'un oratoire ;

Et lorsque peu à peu les funèbres pavots
Sur mes yeux lourds seront tombés comme des voiles,
Mon dernier souffle, avec l'odeur des foins nouveaux,
S'en ira lentement vers le ciel plein d'étoiles.

LE MAI

C LAIRE est la nuit, les bois verdissent ;
Le chemin est tout embaumé
De muguets qui s'épanouissent,
Et c'est demain le premier mai.
A minuit, parmi les cépées,
Voilà qu'on entend à la fois
Un fracas de branches coupées
Et de joyeux éclats de voix.

Ce sont les garçons du village
Qui se glissent dans les taillis,
Troublant les chevreuils au pacage,
Et les rossignols sur leurs nids.

Au fond des combes ténébreuses
Ils vont, narguant les forestiers,
Dérober pour leurs amoureuses
Un mai vert aux bois printaniers.

A la porte de la mignonne,
Demain, quand le soleil luira,
Le mai bercera sa couronne
Enrubannée, — et l'on rira !...
En route ! gare à qui s'attarde !
L'endroit n'est pas sûr, hâtez-vous,
Garçons !... Nuit et jour, le vieux garde
Sur sa forêt veille en jaloux.

Fusil au dos et l'air morose,
Travaillé par mille soupçons,
Il se lève quand tout repose
Et fouille déjà les buissons ;
Il jure en découvrant la trace
De plus d'un hêtre frais coupé...
Vain dépit et folle menace,
Les maraudeurs ont décampé !

Penaud, dans les ronces mouillées
Le garde revient au logis.

— Les alouettes, réveillées,
Vers les cieux que l'aube a rougis
Montent, montent... Sur la lisière,
Les nids gazouillent tour à tour ;
Dans la rosée et la lumière
Les champs fument. — Voici le jour.

Il s'approche du seuil : — Ah ! traîtres ! —
Le plus beau baliveau du bois,
Un grand mai s'étale aux fenêtres
Et raille le garde aux abois...
Sa fille, droite sur ses hanches,
Sourit en tordant ses cheveux,
Et l'on voit luire entre les branches
Ses bras blancs et ses clairs yeux bleus.

A HÉLENE

Ton rustique éventail conserve entière encor
La bonne odeur du bois où l'on tailla ses branches,
L'odeur du merisier sauvage, où les voix d'or
Des loriots chantaient dans les floraisons blanches.

Frissonnant sous tes doigts comme un feuillage clair,
Et mettant sur ton front des caresses de brise,
L'éventail se souvient des forêts, et dans l'air
Son va-et-vient répand un parfum de merise.

De même à notre amour le temps n'a rien ôté,
La tendresse qu'au fond de tes yeux j'ai puisée
A gardé tout son charme et tout son velouté,
Son exquise senteur en moi s'est infusée.

Lorsque je la savoure, il semble que je bois
Un philtre fait des fleurs de nos jeunes années,
Et je crois respirer la bonne odeur des bois
De Sèvre et de Chaville où nos amours sont nées.

8 Juillet 1880.

DANS LA PRAIRIE

OH ! les prés de la Meuse !... Au mois de Floréal,
   Quand le soleil rougit la colline boisée,
Il faut voir l'herbe où court un frisson matinal
   Onduler parmi la rosée !

Dans sa verte épaisseur la rivière d'argent
Serpente, reflétant comme un miroir fidèle
La fuyante blancheur du nuage changeant
   Et le vol noir de l'hirondelle.

La perche et le brochet glissent entre deux eaux ;
Et, bercée aux remous du courant qui scintille,
L'effarvate jaseuse, au milieu des roseaux,
   Du matin jusqu'au soir babille.

Que de fleurs!... L'amourette et les lotiers mêlés
Tremblent au vent, la flouve aux sauges se marie,
Et le blond poudroiement des pollens envolés
    Plane sur toute la prairie.

Çà et là, dans cette herbe humide où monte un flot
De sève, une rougeur en plein soleil éclate :
C'est parmi la verdure un grand coquelicot
    Balançant sa tête écarlate...

De la nappe onduleuse, aux approches du soir,
S'exhalent des parfums vaporeux comme un rêve,
Et l'immense prairie, ainsi qu'un encensoir
    Fume dans la nuit qui se lève.

Une étoile se mire au courant assombri;
L'eau bouillonne; craintive, une sarcelle émerge,
Tourne sa tête noire et, poussant un long cri,
    S'enfuit vers les joncs de la berge...

Les souvenirs d'enfance alors viennent en chœur
Comme des revenants qui soulèvent leurs voiles,
Et le mal du pays vous tombe sur le cœur,
    Avec les rayons des étoiles.

O prairie ! ô rivière ! ô Meuse de chez nous !
A l'automne, au printemps, dans les clartés jumelles
Des couchants empourprés et des matins si doux,
    Pourquoi donc êtes-vous si belles ?...

VACCINIA NIGRA

A Paul Leser.

MYRTILLES aux fruits noirs, humbles comme le thym,
Quand j'étais écolier, votre doux nom latin
M'a fait souvent rêver aux grands monts où les chèvres
Errent parmi les rocs ombragés de genièvres,
Tandis qu'un jeune pâtre égrène en son panier
Vos grappes dont le suc rougit les brins d'osier.
Je ne vous ai connus longtemps que dans Virgile,
Vaccinia nigra, — fruits noirs de la myrtille !
Mais par un clair matin je franchissais à pied
La montagne qui va de Munster à Saint-Dié,

Quand sur les hauts versants des Vosges toujours vertes,
Je vis venir à moi, bondissantes, alertes,
Trois filles aux yeux bleus, au court jupon flottant.
Une main sur la hanche, et l'autre supportant
La seille de sapin sur leur tête posée,
Elles allaient, pieds nus, cueillir dans la rosée
L'airelle qui là-haut mûrissait à foison.
Je les suivis de loin. Vers cette ample moisson,
En riant aux éclats, les trois enfants penchées
Promenaient des râteaux sur les herbes couchées,
Puis elles égrenaient dans des vases de bois
Les fruits noirs dont le suc leur empourprait les doigts.
A mon tour, je cueillis vos grappes, ô myrtilles,
Et j'en teignis ma lèvre en songeant aux Idylles...

Le soleil radieux montait dans un ciel pur,
Le *Schwarzwald* découpait ses massifs sur l'azur ;
Entre le Rhin vermeil et la montagne verte
L'Alsace s'étendait, de villages couverte.
Les trois enfants en chœur répétaient lentement,
En vendangeant leurs fruits, un cantique allemand.
Moi j'écoutais, charmé, cet air naïf et tendre,
Et tandis qu'il montait, il me semblait entendre
Mes vingt ans réjouis chanter en plein soleil,
Et mon sang fermentait, plus chaud et plus vermeil.

— Comme dans les pommiers tout blancs de fleurs fécondes
Danse et bourdonne un peuple heureux d'abeilles blondes,
Tout s'épanouissait en moi : l'amour nouveau
Dans mon cœur, et les vers au fond de mon cerveau.
O Rhin, pour contenir toutes mes espérances,
Je n'avais pas assez de tes plaines immenses.
Mes rêves dans l'azur s'envolaient deux par deux,
Allègres et pimpants, chamarrés et joyeux
Comme des villageois qui s'en vont à la fête,
Ou des aventuriers partant pour la conquête.
Et tout en me grisant de couleurs et de bruits,
Je glanais la myrtille, et ses agrestes fruits
Me semblaient plus exquis que l'antique ambroisie...
O jeune enthousiasme ! ô fleur de poésie !...

Vingt ans se sont passés... Sur ce versant lorrain
Aujourd'hui l'Allemand règne en maître, et le Rhin,
Hélas ! est maintenant à lui d'un bord à l'autre.
Je ne te verrai plus, terre qui n'est plus nôtre !
Mais ton cher souvenir en mon cœur n'est pas mort ;
Devant mes yeux ta claire image passe encor
Comme un pastel pâli par le vent des années,

Qui sourit tristement sous ses couleurs fanées.
Je vous entends encor sur les sommets lointains,
Chochettes des troupeaux, chansons, chœurs enfantins!
Comme un magicien, le Souvenir distille
Sur mes lèvres le suc âpre de la myrtille,
Et du fruit montagnard la confuse saveur
Me remet mon pays et ma jeunesse au cœur.

SOIR D'AUTOMNE

A Émile Vernier.

E
N octobre, les bois sont comme un grand fruitier
Où l'automne a vidé sa corne d'abondance :
Du haut des arbres roux qu'un vent léger balance,
Faînes, sorbes, glands mûrs pleuvent dans le sentier.

6

Tout le village y vient puiser à plein panier.
Le soleil rit, l'oiseau gazouille, et sa romance
Fait croire aux pauvres gens que l'été recommence,
Tant la forêt a pris un reflet printanier.

Soudain du fond du ciel une plainte est venue.
Avant-courriers d'hiver, voici que dans la nue
Passent des bataillons de cygnes voyageurs.

L'air fraîchit, le soleil s'enfonce dans la brume,
Et, la besace au dos, vers le hameau qui fume,
Les paysans courbés s'en retournent songeurs.

LA. GALETTE LORRAINE

L E feu flambe au four, un feu clair
    De ramille et de brande,
Et le pain chaud embaume l'air
    De son odeur friande.
Payse, prends sur le buffet
    Le grand plateau de frêne,
Et montre aux enfants comme on fait
    La Galette lorraine.

D'avance tout est préparé
    Dans la huche entr'ouverte :
Fleur de froment, beurre paré
    D'un lit de vigne verte,

Œufs frais pondus de ce matin,
   Et crème virginale,
Sentant le fenouil et le thym
   De la friche natale.

La payse d'un doigt léger
   Pétrit la pâte fine;
Tout autour d'elle on voit neiger
   De la fleur de farine.
Les marmots au regard charmant,
   Couleur de violette,
Parmi ce neigeux poudroiement
   Contemplent la Galette.

N'épargne pas le beurre! Encor,
   Payse, à pleine tranche!
Bats les œufs jaunes comme l'or
   Avec la crème blanche;
Puis, lentement, avec amour,
   Répands-les sur la pâte...
C'est parfait! Maintenant, au four,
   Au four, et qu'on se hâte!

Toute chaude sur le bahut,
   Savoureuse, alléchante,

Voici la Galette... Salut,
  Toi qu'on aime et qu'on chante
Du pays Messin au Barrois,
  Des Vosges à l'Argonne,
Partout où le mâle patois
  Des fiers Lorrains résonne !

Qu'on nous apporte un vin du cru
  A sève pétillante,
Et trinquons ferme, arrosons dru
  La Galette bouillante.
Buvons à l'ancien souvenir,
  A la commune haine,
Aux revanches de l'avenir,
  A la libre Lorraine !

6.

NOEL

Il est minuit, l'étable est sombre,
La Vierge rêve et Joseph dort ;
L'Enfant repose dans cette ombre,
Ayant au front l'étoile d'or.
Avec douceur l'âne le lèche,
Le bœuf réchauffe son sommeil ;
Dans les ténèbres de la crèche
Jésus brille comme un soleil !

Noël ! Jésus vient de naître,
Souliers et sabots de hêtre
Sont rangés dans l'âtre noir.
Noël ! Enfants, venez voir

Les merveilles qu'à la ronde
Jésus, pour le petit monde,
Du haut des cieux fait pleuvoir !

Jésus s'éveille dans la paille,
Et d'un mignon signe du doigt
Calmant la Vierge qui tressaille,
Il fuit par la fente du toit;
Vêtu de satin et de moire,
Le front ceint d'un rayon vermeil,
A travers la grande nuit noire,
Jésus passe comme un soleil !

De frais joujoux sa robe est pleine,
Il les emporte triomphant;
Chacun d'eux rappelle une scène
Familière à ses yeux d'enfant :
La bergerie et le village
A Bethléem sont tout pareils,
La poupée a l'air d'un roi mage
Au manteau brodé de soleils !

Glissant sur un rayon de lune,
Il pénètre au cœur des foyers,

Seul le grillon dans la nuit brune
Voit remplir les petits souliers.
Jésus, dans chaque maisonnée
Veut que l'enfant, à son réveil,
Trouve au fond de la cheminée
Sa part de joie et de soleil !...

Le jour se lève, et dans la crèche
L'Enfant Jésus est de retour;
Les troupeaux sur la paille fraîche
Sont rassemblés tout à l'entour.
Les bergers chantent, Joseph prie;
Parmi ce rustique appareil,
Sur le blanc giron de Marie
Jésus sourit dans le soleil !

Noël ! Jésus vient de naître,
Souliers et sabots de hêtre
Sont rangés dans l'âtre noir.
Noël ! Enfants venez voir
Les merveilles qu'à la ronde
Jésus, pour le petit monde,
Du haut des cieux fait pleuvoir !

L'ABSENT

Sur un dessin d'ÉMILE MATTHIS

L E bon ami s'en est allé
    Bien loin de son pays d'enfance,
Là-bas vers les plaines de blé
Où la Lorraine est encor France.

La route qu'il a prise un soir,
On la voit, des vitres ouvertes,
S'enfuir, blanche sur un fond noir,
Au flanc des Vosges toujours vertes;

Et seule, au seuil de la maison,
Sa mie en filant sa quenouille,
Toujours vers ce coin d'horizon
Tourne son œil bleu qui se mouille.

Les prés déjà mûrs sont tout blancs
De marguerites. — Elle cueille
La plus belle, et ses doigts tremblants
La questionnent feuille à feuille :

« — Quand finiront les jours d'exil ?
Redit-elle à chaque pétale ;
Le bien-aimé reviendra-t-il
Bientôt vers sa terre natale ? — »

O prés en fleur qu'on va faucher,
Chants familiers de la fontaine,
Et vous, cigognes du clocher,
Rassurez la chère âme en peine !

— Et de tous côtés à la fois,
Dans la forêt, dans l'herbe mûre,
La mignonne entend une voix
Consolante, qui lui murmure :

« — Sèche tes pleurs, il reviendra !
Un jour, qui n'est pas loin peut-être,
Son front poudreux s'encadrera
Dans les vignes de ta fenêtre.

« Ce jour-là, bleuets et pavots,
Et marguerites dès l'aurore,
Décoreront les blés nouveaux
De leur floraison tricolore,

« Et quand le soleil paraîtra,
Le Coq gaulois, le Coq de France
A plein gosier claironnera
Son joyeux air de délivrance... »

LE LEGS D'UNE LORRAINE

JE me sens bien lasse et ne vivrai guère
   Passé la moisson... Mon mal est trop fort,
Et ce que j'ai vu dans ces temps de guerre,
Enfant, m'a donné le coup de la mort.
Tu n'as pas dix ans, toi, mais à ton âge
Les yeux sont ouverts et l'on se souvient.
Je vais te montrer, petit, l'héritage
Trop lourd pour mes bras, et qui t'appartient.

Viens, allons d'abord vers ce champ de seigle :
Les nôtres y sont morts, assassinés
Par ces loups prussiens au front ceint d'un aigle :
Là dorment ton père et tes deux aînés.

Ce qu'ils défendaient contre cette bande,
C'était leur maison, leur terre et la loi !
L'herbe sur leur corps a poussé plus grande...
Regarde, mon fils, et rappelle-toi !

Viens dans ces prés verts, tout bordés d'année.
Là fut une ferme aux hôtes nombreux,
Et l'on y voyait encor l'autre année
Des vergers en fleur et des gens heureux...
Regarde à présent : seule, la couleuvre
Habite ces murs qu'a noircis le feu.
La Prusse a passé par là... Voici l'œuvre
De ceux qu'on nommait les soldats de Dieu !

Leur maître disait : « C'est à Bonaparte,
C'est à l'empereur que j'en veux... » Mais non !
Il voulait, vois-tu, rayer de la carte
Le peuple de France et son vieux renom ;
Et quand un matin, au fond des Ardennes,
L'Empire est tombé, honteux et honni,
Ils se sont rués comme des hyènes
Sur ce grand pays qu'ils croyaient fini.

Ils sont encor là, l'œil plein de menaces...
Leur odeur maudite imprègne nos seuils,

Leur musique joue au cœur de nos places,
Et leur rire épais insulte à nos deuils.
Les voici, mon fils !... Parlons bas. — Écoute
Leur galop qui met la rue en émoi,
Et leurs sabres lourds traînant sur la route...
Écoute, regarde, et puis souviens-toi !

Souviens-toi !... Vois-tu cette longue file
De lourds chariots et de voyageurs ?
C'est tout un village, enfant, qui s'exile
Pour ne pas manger le pain des vainqueurs.
Pauvres gens ! Ils vont chercher la patrie
Loin des champs aimés où fut leur maison.
Regarde, et jamais que ton cœur n'oublie
Ce convoi qui fuit, triste, à l'horizon.

Mets ces souvenirs en toi comme un germe.
Le jour, au soleil ; la nuit, en rêvant,
Nourris-en ton âme et travaille... Enferme
Dans un corps de fer l'esprit d'un savant,
Afin que ton corps, comme ton courage,
Soit prêt pour le jour qui doit nous venger...
C'est mon legs, petit, c'est ton héritage,
Le seul que nous ait laissé l'étranger.

7.

Quand luira ce jour du réveil?... Personne
Ne peut le savoir... Mais sûr, il viendra !
Des mers de Bretagne aux forêts d'Argonne
Un cri de colère alors montera...
Comme un jeune vin au fond des futailles,
Tous ces souvenirs en toi gronderont,
Et tu t'en iras aux grandes batailles,
La sagesse au cœur et l'audace au front.

Nous ne verrons pas ce jour des revanches,
Nous ; nos yeux seront depuis longtemps clos,
Et depuis longtemps sur nos pierres blanches
Le vent secouera l'herbe des tombeaux ;
Mais nous entendrons votre cri de guerre,
Et quand, tout fumants d'un juste courroux,
Vous nous vengerez, au fond de la terre
Nos os dormiront d'un sommeil plus doux.

Juillet 1871.

LES OISEAUX DU PAYS

A H. GIACOMELLI

LES MOINEAUX

A vous, moineaux frétillards,
        Gais pillards
Des treilles et des javelles ;
Oiseaux qu'en tout temps Paris
        A chéris,
A vous mes chansons nouvelles.

Effrontés et familiers,
        Par milliers,
Agitant vos ailes blondes,
Vous emplissez l'air du bruit
        Et du fruit
De vos amours vagabondes.

Dans leur lit douillet blottis,
        Vos petits
Sont mal emplumés encore,

Qu'au bord des nids, accouplés,
      Vous brûlez
D'y voir d'autres œufs éclore.

Ainsi toujours maraudant
      Et pondant,
Du printemps jusqu'à l'automne,
Par les jardins des faubourgs
      Et les cours
Votre peuple ailé foisonne.

Pour vous, dans les clos ombreux,
      Plantureux,
Où s'empourpre la cerise;
Dans les espaliers des murs,
      Les blés mûrs,
Tout l'été la table est mise.

Mais par bandes, aux grands froids,
      Sous nos toits
Vous revenez en nîvose,
Ebouriffés, grelottant,
      Et heurtant
Du bec à la vitre close.

LE ROITELET

Fugitif comme un rêve,
Vif comme un feu-follet,
Tu voltiges sans trêve
Du chêne au serpolet,
Aile alerte et mignonne,
Petit porte-couronne,
     Roitelet.

Sous la branche qui pousse
Comme un vert mantelet,
Ton nid, berceau de mousse,
Fuit l'œil du tiercelet.
C'est là qu'est ton royaume,
L'odeur des pins l'embaume,
     Roitelet.

C'est là qu'est ta nichée :
Dix œufs blancs comme lait;
Ta pondeuse cachée
Les couve, et ton filet
De voix, joyeux et frêle,
Dit partout la nouvelle,
            Roitelet.

Même l'hiver encore
L'arbre entend ton sifflet,
Ta huppe à crête aurore
Y laisse un chaud reflet,
Et les bois blancs de givre
Par toi seul semblent vivre,
            Roitelet.

Le vieux fendeur fredonne
A ta vue un couplet;
Ta gaîté l'aiguillonne,
Tu mets, cher oiselet,
Tout en joie à la ronde...
Ami du pauvre monde,
            Roitelet !

LE MERLE

Voici la Chandeleur. Les dernières gelées
Sont moins rudes, l'hiver se fond en giboulées.

La pluie aux bois ruisselle et fait, matin et soir,
Un bruit d'eau de moulin tombant du déversoir.

Mais le merle, parmi la bise pluvieuse,
Siffle gaîment déjà son aubade joyeuse.

L'allègre boute-en-train ne peut plus contenir
Sa joie, et dit partout : « Le printemps va venir ! »

Mars arrive, en effet, jetant des soleillées
A travers les forêts et les plaines mouillées.

Le printemps qui commence aux enfants est pareil;
Le rire avec les pleurs alterne à son réveil.

Mais le beau merle noir, en dépit de l'averse,
Pressent la fleur qui pousse et la feuille qui perce;

Il chante, et dans la haie où maint chaton jaunit
Il a déjà marqué la place de son nid.

Au cœur d'un saule creux ses petits, dans la mousse,
Durant les nuits de mars dormiront sans secousse;

Et quand, tout emplumés, ils seront assez forts
Pour quitter le logis et se risquer dehors,

Ils viendront se chauffer sur la maîtresse branche,
Comme de bons bourgeois sur leur seuil, le dimanche;

Tandis que sautillant d'arbre en arbre, et remis
En voix par un régal friand d'œufs de fourmis,

Le père lancera de claires vocalises
Dans les blancs merisiers et les jaunes cytises.

LE MARTIN-PÊCHEUR

COMME un éclair d'azur, le beau martin-pêcheur,
    Traversant l'aubépine,
File droit vers son nid qui dort à la fraîcheur
    Dans un creux de racine.

Au flot clair de la source et dans l'étang moiré
    Son aile, qui chatoie,
Dès l'aube s'est trempée; il a tout exploré,
    En quête d'une proie.

Grisé d'air pur, le corps imprégné d'une odeur
    Fine d'herbe fauchée,
Il arrive, et son cri perçant met en rumeur
    La dormante nichée.

Tout laineux, les petits sur le seuil accourant
    A son appel sonore,
Du monde extérieur, merveilleux et si grand,
    Ne savent rien encore.

Mais en voyant le père et son vol lumineux,
    Leur vague instinct s'éveille,
Ils pressentent les prés, les ruisseaux poissonneux
    Qu'un rayon ensoleille ;

Et la course rapide au ras des étangs verts,
    Ceints de joncs et de prêles...
Leur petite aile tremble, et de leurs becs ouverts
    Sort un chœur de voix grêles.

LA FAUVETTE A TÊTE NOIRE

Au mois de mai, toujours au fond de ma mémoire
Je retrouve ce coin de tableau printanier :
Un nid d'herbe et de crin dans un avelinier
Où tu rossignolais, fauvette à tête noire.

Le chèvrefeuille en fleurs où l'abeille vient boire
Étendait sur tes œufs son toit hospitalier,
Et, seule dans la verte épaisseur du hallier,
Tu chantais le réveil du printemps, et sa gloire.

8.

Ton chant vif et rapide est pareil au plaisir,
O Fauvette ! Il en a la vivace étincelle,
Et la saveur exquise et brève : il me rappelle

Tous ces fuyants bonheurs qu'on ne peut ressaisir :
Les floraisons d'avril qu'un blond soleil caresse,
Les rougeurs du premier amour, — et ma jeunesse.

LA FAUVETTE DES ROSEAUX

O jaseuse, quand au printemps
    Ton chant monte à perte d'haleine
Parmi les herbes des étangs,
Je songe au pays de Touraine
Où tu nichais au bord des eaux,
        Dans les roseaux.

Je revois la Loire et la grâce
De ses côteaux aux doux contours,
Et les blancs châteaux en terrasse,
Où s'abritèrent tant d'amours,
Qu'on sent dans l'air une caresse
        Flotter sans cesse.

Le soleil brûle, il est midi,
Les lourds chalands sur l'eau moirée
Gonflent leur voile au vent tiédi :
Ta voix stridente et délurée
Envoie un salut familier
      Au batelier.

Au creux de la jonchaie ombreuse
Ton nid s'endort d'un frais sommeil,
Et toi, pour charmer ta couveuse,
Sur les joncs verts, en plein soleil,
Tu lances dans l'air qui flamboie
      Ton cri de joie.

Sous la voûte des peupliers
Les chatoyantes demoiselles
Et les moucherons, par milliers,
Mêlent les frissons de leurs ailes,
Et tu poursuis tout en jasant
      Leur vol dansant.

Ainsi de l'aube à la vêprée,
O, le plus vivant des oiseaux,

Tu chantes, toujours affairée;
La nuit tombe, et dans les roseaux
On entend ton babil sonore
    Bruire encore.

LA BERGERONNETTE LAVANDIÈRE

CEINT de joncs et de menthe,
Le moulin tourne et chante
    A fleur d'eau;
Sur les berges pierreuses,
Les battoirs des laveuses
    Font écho.

Dame bergeronnette
Mire sa gorgerette
    Au flot clair;
En haut, en bas, sans cesse,
Sa queue avec souplesse
    Bat dans l'air.

Elle semble, la belle,
Un maître de chapelle
    Blanc et noir,
Qui rythme la cadence
Du moulin et la danse
    Du battoir.

Elle court sur le sable
Et s'envole, semblable
    Au Désir
Qui toujours nous devance
Et qui fuit, dès qu'on pense
    Le saisir.

. LE LORIOT

A Eugène Seinguerlet.

J UIN tout flambant verdoie en plein azur.
    Les bigarreaux, la guigne et la merise
Ont pris couleur; un parfum de fruit mûr
Loin des vergers s'envole avec la brise.
La molle odeur qu'un bon vent favorise,
    Gagne l'Afrique où, fuyant les hivers,
Plus d'un oiseau frileux fait sa remise;
L'air s'en imprègne, et par delà les mers,
    Le loriot a senti la cerise.

Il part; son beau poitrail d'un jaune pur
Est tout gonflé d'aise et de convoitise.

9

Rasant les flots d'un vol rapide et sûr,
Il vient chez nous, juste à l'heure précise
Où le fruit rouge est à point. Il se grise
Du suc juteux et du parfum des chairs ;
Son bec se mouille et son gros œil s'irise,
Sa joie éclate en sons flûtés et clairs :
    Le loriot a senti là cerise.

Guigne sucrée ou griotte au goût sûr,
Il pille tout, trouvant tout à sa guise ;
Puis vers le soir, dans un doux clair-obscur,
Ragaillardi par cette chère exquise,
Il fait un doigt de cour à sa payse
Au bord du nid suspendu dans les airs.
Galanterie est sœur de gourmandise
Et l'amour est le meilleur des desserts.
    Le loriot a senti la cerise.

ENVOI

Roi des forêts, chêne, dans tes bras verts
Berce les œufs de mousse recouverts ;
Petits, brisez votre coquille grise,
Pour vous nourrir, dans les clos grands ouverts,
    Le loriot a senti la cerise.

LES RAMIERS

Au fond des halliers
Du grand bois qui bourgeonne,
Entends-tu les ramiers,
O ma mignonne?

Dans les chemins creux,
Leur chanson vagabonde
Semble la voix profonde
Des printemps amoureux.

Elle s'élève,
Tombe et renaît;
C'est comme un rêve
De la forêt.

Lente caresse
Aux sons voilés,
Son chant nous laisse
Ensorcelés.

Nos cœurs troublés
Par ces langueurs câlines
A coups doublés
Battent dans nos poitrines.

Tout le long du jour,
Sous les feuilles nouvelles,
Viens, parlons d'amour
Au chant des tourterelles.

D'aimer et d'être aimé
Voici l'heure.
Contre mon cœur charmé,
Ah! demeure...
Mignonne, est-il rose qui fleure
Mieux que l'amour, l'amour au mois de mai?

SIESTE

IL est midi; le ciel brasille.
    Sous un églantier rouge en fleur,
Une honnête et calme famille
A trouvé l'ombre et la fraîcheur.

Le père veille en sentinelle;
La mère, assoupie un moment,
Tourne au moindre bruit la prunelle
Vers son petit monde dormant.

Le plus jeune à plein cœur sommeille;
Les aînés, l'œil ouvert encor,
Suivent dans l'herbe un vol d'abeille
Au corselet brun strié d'or.

9.

Heureuses gens ! Leur vie est douce.
Pour oublier le monde entier,
Il leur suffit d'un peu de mousse
Sous les brins verts d'un églantier.

Gueux et contents, d'un cœur candide
Ils s'aiment, ces originaux !...
Et c'est dans un pot de fleurs vide
Une famille de moineaux.

LE PIC-ÉPEICHE

M ESSIDOR ensoleille
La forêt qui sommeille,
Ivre de la clarté
Des ciels d'été.

Pas un oiseau qui chante,
Pas un bruit d'eau courante,
Sous l'herbe et le buisson
Pas un frisson.

Au fond du bois paisible,
Seul, un être invisible
Frappe à coups redoublés
Et martelés.

Tac! tac!... Cela résonne...
On regarde... Personne!
L'hôte mystérieux
    Échappe aux yeux.

C'est le grand Pic-Épeiche
Sondant l'écorce fraîche
Et les flancs ténébreux
    Des chênes creux.

Son bec dur comme un marbre
Chasse hors du vieil arbre
Tout un peuple pervers :
    Larves et vers.

Les petits, près du père,
En le regardant faire,
Ouvrent leurs becs profonds
    Et leurs yeux ronds.

Puis la bande repue
Vers la fourche trapue
D'un chêne décrépit
    Gagne son nid.

L'Épeiche, en père sage,
Les recompte au passage...
« Tous sont rentrés... Fermons
L'huis, et dormons. »

LA MÉSANGE

TRAVERSANT d'épineux fourrés
    Longs d'une lieue,
Tu viens boire aux sources des prés,
    Mésange bleue.

Sous la ronce en fleur des buissons,
    L'eau qui glougloute,
Dans le filtre vert des cressons
    Fuit goutte à goutte.

Tu tends ton bec noir pointillé
    De plume blanche,
Et parmi le gazon mouillé,
    Ta soif s'étanche.

Dans l'eau ton ongle, dur et fin
    Comme une serre,
Se retrempe, et tu sors du bain
    Armée en guerre.

Comme à la ville, dans les bois
    On se dévore :
Luttant dès l'aube, au soir tu dois
    Te battre encore.

Batailles pour vivre, à travers
    Lande et ravine,
Et pour nourrir dix becs ouverts,
    Criant famine ;

Combats cruels et hasardeux
    Pour tenir tête
A l'écureuil, ce voleur d'œufs,
    A la chouette...

Plantant ta griffe en pleine chair,
    Brave obstinée,
Tu défends tout ce qui t'est cher :
    Ta maisonnée ;

Et toi, que l'homme en sa bonté
    Nomme méchante,
Tu viens sur ton nid respecté
    Tomber sanglante.

LA CAILLE

LA moisson mûre au vent frissonne.
Les cailles sous l'herbe ont filé,
Et leur appel d'amour résonne
— Caille! caillette! — dans le blé.
Aux roses clartés de l'aurore
On l'entend monter au lointain,
  Bref et sonore,
Et le soir, on l'entend encore
Dans la paix du jour qui s'éteint.

Chez cette race de bohème
Au gré du hasard on s'unit.
On se rencontre un soir, on s'aime.
— Caille! caillette! — Vite un nid!

Un trou dans la paille séchée,
Voilà le lit à ciel ouvert
     De l'accouchée ;
Les épis mûrs à la nichée
Donnent le vivre et le couvert.

Hors de la coquille natale
Les cailleteaux s'en vont trottant ;
Un fusil part... Çà, qu'on détale,
— Caille ! caillette ! — il n'est que temps.
Les chasseurs ont un cœur de roche
Et ne font pas grâce au traînard
     Dont le pied cloche...
Gare au carnier, gare à la broche
Où l'on rôtit, bardé de lard !

Malgré tout, la caille foisonne,
Et, comme pour narguer la mort,
Son appel amoureux résonne
— Caille ! caillette ! — au Sud, au Nord...
Rasant d'une aile vagabonde
Les champs et la mer, tour à tour
     Grasse et féconde,
A travers le monde, à la ronde,
La caille chante et fait l'amour.

LE ROUGE-GORGE

J'AI fait ce rêve, ô ma chérie :
— Nous aurions en pleine forêt
Un toit, près d'un bout de prairie
Où, dans la grande herbe fleurie,
Un Rouge-Gorge nicherait.

C'est l'oiseau des amours ferventes;
Son poitrail, pareil en couleur
Aux sorbes déjà mûrissantes,
Porte les marques transparentes
Du sang vif qui brûle son cœur.

10.

Son nid de feuilles, sous le hêtre,
Serait notre porte-bonheur ;
L'air plus frais, quand le jour va naître,
Nous enverrait par la fenêtre
L'aubade de ce gai sonneur.

Et quand la nuit sur la colline
Descendrait à pas de velours,
L'oisillon à fauve poitrine,
Avec sa frêle voix câline,
Bercerait nos chaudes amours.

Il chanterait quand mai décore
De muguets clairière et buisson,
Et nous l'entendrions encore,
Grisé des mûres qu'il picore,
Chanter à l'arrière-saison.

Quand la neige aux vitres se tasse,
Nous ouvririons pour le frileux
Le vitrail tout frangé de glace :
— Viens, Rouge-Gorge, prends ta place
Au bon feu clair, entre nous deux !

Et le chantre aux noires prunelles,
Pour payer l'hospitalité,
Nous dirait en battant des ailes
La chanson des amours fidèles
Qui flambent hiver comme été.

LES HIRONDELLES

Dans l'angle noirci de la cheminée
    Haute et calcinée,
Au coin de la vitre, aux poutres des toits,
Sous l'auvent bordé de vignes nouvelles,
Nous avons ensemble essayé nos ailes,
    Essayé nos voix.

Puis l'heure est venue où l'herbe frissonne
    Aux bises d'automne,
Et nous avons pris toutes notre essor
Vers les pays bleus, sur lesquels sans cesse
Un soleil d'été, comme une caresse,
    Tombe en nappes d'or.

Mais lorsqu'au désert notre vol se pose
   Sur le granit rose
D'un vieux sphinx qui rêve aux siècles éteints,
Souvent nous songeons aux petites villes
Où nos nids muets dorment sous les tuiles
   Des logis lointains ;

Et nous revoyons les maisons bourgeoises,
   Le clocher d'ardoises
Qui monte parmi les tilleuls en fleurs,
Et le pont de pierre où, comme des flèches,
Nous filions tout droit sous les arches fraîches,
   Pleines de pêcheurs.

Et nous attendons, lasses de lumière,
   L'aube printanière
Où, loin des ardeurs d'un soleil brutal,
Nous irons revoir les forêts de hêtres
Et les nids logés au coin des fenêtres
   Du pays natal.

PETITS POÈMES

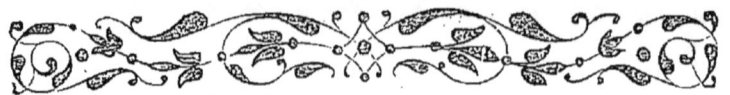

LES ÉTOILES

A la mémoire d'Auguste Préault

VIENS voir sur la colline, à l'heure où le jour fuit,
Les constellations éclore dans la nuit.
La campagne s'endort silencieuse. Ecoute!...
Les rumeurs des pesants chariots sur la route
Vont s'éloignant toujours. A peine; par moment,
Du fond de quelque ferme un sonore aboiement
Réveille les grands bois absorbés dans leur rêve.
Les vagues des épis qu'un vent tiède soulève
Frissonnent, et l'on sent monter dans l'air obscur
La savoureuse odeur que répand le blé mûr.

Tout là-haut, dans les champs d'azur du ciel immense
La riche floraison des étoiles commence.
Sur les fonds d'or pâli qu'estompe le coteau,
Vesper épanoui tremble comme un lis d'eau
Bercé dans le courant limpide d'une source.
Déjà, vers le zénith assombri la grande Ourse
Fait rouler lentement son char mystérieux ;
Cassiope égrenant son collier radieux,
La Chèvre et le Bouvier, les Pléïades fleuries
Disposent à l'entour leurs calmes théories.
Tout flamboie, on dirait que le ciel s'est ouvert ;
Et jusqu'aux horizons où le regard se perd,
Le chemin de Saint-Jacque aux blanches avenues
Plonge dans l'infini ses routes inconnues.

Étoiles, fleurs d'argent des jardins de la Nuit,
Vous qui vous entr'ouvrez au ciel crépusculaire,
Comme pour rassurer les hôtes de la Terre
Sur la fuite du jour, des couleurs et du bruit ;

Étoiles, je vous aime, et, pendant la veillée,
Mon regard vous épie au fond du firmament,
Et mon âme vers vous monte amoureusement,
Plus éprise toujours et plus émerveillée.

Votre charme pour moi n'est pas le rythme d'or
Qui règle de vos chœurs la marche solennelle,
Ni l'espoir vague et doux d'une course éternelle
Parmi vos tourbillons inexplorés encor ;

Non, ce que j'aime en vous, étoiles coutumières,
C'est mon passé qui luit, alors que vous brillez ;
Ce sont mes souvenirs d'autrefois réveillés
Par le constant retour de vos chastes lumières.

Enfant, je vous voyais de mon lit d'écolier
Poindre en un coin du ciel couleur d'aigue-marine,
Tandis qu'au long des prés les grillons en sourdine
Me berçaient de leur chant rustique et familier.

J'essayais de compter vos clartés incertaines,
Mais vous naissiez si vite au-dessus de nos toits !
Le sommeil embrouillait les nombres sur mes doigts,
Que déjà dans la nuit vous montiez par centaines...

Ainsi quand la jeunesse, en sa prime saison,
Nous verse son vin pur et tout bouillant de sève,
Les roses du désir et les bluets du rêve
Au fond de notre cœur éclosent à foison ;

Et les sensations dont l'odeur nous enivre
Ouvrent si brusquement leurs merveilleuses fleurs,
Qu'éblouis par le nombre et l'éclat des couleurs,
Nous n'avons pas le temps de nous écouter vivre.

Les fantômes fuyants de gloire et de beauté,
L'amour, et sa féerie, et ses langueurs troublantes,
Se succèdent, pareils aux étoiles filantes
Traversant la splendeur calme des nuits d'été...

O nuits de juin, ô nuits d'amour ! Dans ma jeunesse
Que de fois j'ai passé parmi les champs de blé,
Leste et joyeux, levant vers le ciel constellé
Mes humides regards tout baignés de tendresse !

C'était comme ce soir le même poudroîment
Et sur les bois muets les mêmes légers voiles ;
On eût dit qu'un vertige entraînait les Étoiles
Vers la Terre assoupie en son recueillement.

Orion scintillait juste à la même place,
Les mêmes lis d'argent sur moi semblaient tomber,
Et les quatre Gardiens du ciel faisaient flamber
Leurs feux aux mêmes points de l'immuable espace.

O mystère! à combien de nocturnes songeurs,
A combien d'amoureux, de fous et de poètes
Avez-vous prodigué vos glorieuses fêtes,
Depuis que vous marchez, éternels voyageurs?

Combien d'hôtes nouveaux fêterez-vous encore,
Quand nous serons couchés au tombeau ténébreux?
Combien d'enfants, combien de pâles amoureux
Graviront ce coteau pour vous mieux voir éclore?

D'où venez-vous? Quel pâtre invisible conduit,
Aux sons élyséens de sa flûte divine,
Et pousse devant lui, de colline en colline,
Vos troupeaux radieux dans les champs de la Nuit?

Quel espoir nous sourit dans chacun de vos signes
Ou quel mensonge? Hélas! vous gardez vos secrets,
Et tandis que mon œil rêveur suit vos progrès,
L'aube blanchit là-bas sur la crête des vignes.

Une à une, parmi les nuages flottants,
Étoiles, vous fuyez aux rougeurs de l'Aurore;
Ainsi dans le brumeux oubli qui les dévore
Se perdent nos amours, nos gaîtés, nos printemps.

II.

Du moins vous renaîtrez, Étoiles fortunées ;
Vos guirlandes le soir au ciel refleuriront;
Mais nous, quand la jeunesse a fui, sur notre front
Nous ne retrouvons plus nos couronnes fanées.

La vie humaine, au soir, sans rayon ni flambeau,
Se traîne en tâtonnant jusqu'à la froide couche
Où la Mort, appuyant son doigt sur notre bouche,
Nous endort dans la nuit sans astres du tombeau.

AMOURS ÉTERNELLES

A J.-J. Henner.

QUAND les soleils tombants du soir
　　Dardent au faîte du miroir
Un rayon de lumière oblique,
Parmi des flots d'atomes d'or
Le vieux trumeau sourit encor
Au grand salon mélancolique.

Dans un cadre à biseau doré
On voit, à la marge d'un pré,
Le berger près de sa bergère.

Leurs clairs regards sont attendris,
Et sur leurs fronts les saules gris
Font trembler une ombre légère.

Les troupeaux broutent le gazon.
Vers les lointains de l'horizon,
Un fin brouillard bleu s'évapore ;
Le berger d'un air langoureux
Module un soupir amoureux
Sur sa flûte de buis sonore.

Et devant ce couple ingénu
On rêve d'un monde inconnu,
Où les cœurs épris et fidèles
Ignorent les tristes revers
Et tous les lendemains amers
De nos pauvres amours mortelles.

Le beau flûteur n'est jamais las,
Sa bergère ne cesse pas
D'écouter la flûte câline ;
Aux oreilles des curieux
Les doux accents mélodieux
N'arrivent pas... on les devine.

O mystérieuses chansons,
Volupté magique des sons
Entendus au travers d'un rêve!...
Berger, sur ta flûte de buis,
Tu répéteras jours et nuits
Cet air qui jamais ne s'achève.

Bergère, ton sourire frais
N'abandonnera plus jamais
Les coins de tes lèvres mignonnes ;
Et vous, grands saules frissonnants,
Malgré les hivers survenants,
Vous ne perdrez plus vos couronnes !

A vos pieds, aux jours de printemps,
Peut-être avez-vous en cent ans
Vu passer des couples sans nombre ;
Peut-être avez-vous écouté
Maint baiser d'amour répété
Par l'écho du salon plein d'ombre ?

Et quand les amants d'aujourd'hui
Dormiront, le front plein d'ennui,
Sous la pierre des sépultures,

Le berger dans son cadre d'or
Salûra de sa flûte encor
Les amants des saisons futures.

LA VALSE

D'ABORD la musique
Est mélancolique;
Comme un long soupir chaque note éclot :
Pleur de l'eau qui coule,
Ramier qui roucoule,
Caresse d'amour qu'achève un sanglot.

Puis, vague confuse,
Brisant son écluse,
L'orchestre soudain fait explosion;
Le rythme sauvage
Court comme un orage,
Plein d'emportement et de passion.

Tout brille et tournoie :
Les perles, la soie,
Les feux des joyaux, les éclairs des yeux ;
Les lèvres vermeilles
S'entr'ouvrent, pareilles
A des fruits exquis et mystérieux.

Le vol circulaire
Toujours s'accélère,
Et les deux valseurs ne se quittent pas ;
Ivres d'harmonies,
Et les mains unies,
Ils tournent... Leurs pieds ne sont jamais las.

Ta musique, ô valse amoureuse,
Ta musique amollit le cœur.
Au bras du valseur la danseuse
S'appuie avec plus de langueur.
Son sein palpite, une rougeur
Empourpre sa joue embrasée...
O valse, comme une rosée,
Ta musique amollit le cœur.

Un doux sourire se reflète
Dans les prunelles de ses yeux ;

Si sa bouche reste muette,
Son silence est délicieux ;
Si son regard est anxieux,
Sa lèvre est pleine de tendresse,
Et l'amour met une promesse
Dans les prunelles de ses yeux...

O valse amoureuse et souple,
Ta voix berce l'heureux couple
Comme un chant du temps passé.
O valse, ta voix est triste,
Un sanglot sourd y persiste,
Un écho du Nord glacé ;
On dirait Mignon qui rêve
Au bleu pays où se lève
Un soleil jamais lassé...

AU LUXEMBOURG

A Jules Blanchard.

L E vieux Jardin s'est réveillé.
Dans un bain d'air ensoleillé
Il semble que le cœur renaisse.
Les lilas et les giroflées
Mettent au détour des allées
Une exquise odeur de jeunesse.

Sur les pelouses, par milliers,
Les moineaux viennent, familiers,
Frétiller au pied des statues;

Les ramiers, couples amoureux,
Roucoulent leur chant langoureux
Aux Vénus de blancheur vêtues.

Le merle, mis en belle humeur,
Aux passants donne la primeur
De ses gaillardes vocalises ;
On le voit, du matin au soir,
Monter et descendre, tout noir,
Dans les grappes d'or des cytis es.

O fleurs, oiseaux, voix du printemps,
Grands marronniers tout palpitants
D'un voluptueux frisson d'ailes,
Vos fêtes n'ont jamais manqué,
Et chaque année, au jour marqué,
Elles nous reviennent fidèles !

Lorsqu'à vingt ans, au même endroit,
Je préparais mon cours de droit...
Sur les bancs de la Pépinière,
C'était partout concert pareil ;
Mêmes fleurs pleines de soleil
Et même senteur printanière.

Dans un parfum de réséda,
Sur l'épaule de Velléda
Les ramiers, d'une voix câline,
Roucoulaient leur tendre duo ;
Et j'entendais comme un écho
L'Amour chanter dans ma poitrine...

Hélas ! pour nous autres humains,
Notre printemps sans lendemains
Est à peine l'hôte d'une heure ;
Ses roses n'ont qu'une saison,
Jamais il ne dit sa chanson
Deux fois dans la même demeure.

Les quinconces sont reverdis,
Les oiseaux, comme au temps jadis,
Gazouillent au fond des allées ;
Mais nous passons, mûrs et pensifs,
Lentement, auprès des massifs
De lilas et de giroflées.

Le vain regret du temps défunt
Donne à leurs bouquets un parfum
D'automne ou d'anciennes reliques,

Et nous n'entendons, au matin,
D'autre chant que l'écho lointain
Des souvenirs mélancoliques.

———

GRIPP

A la Mémoire d'Auguste Brizeux.

J'AVAIS quitté, vers l'heure où l'aube est pâle encore
Les versants escarpés du fier pic de Bigorre.
Errant dans les sentiers pierreux et calcinés
Où croissaient çà et là des touffes de daphnés,
Longtemps je parcourus un âpre paysage,
Un val morne et brûlé dont la grandeur sauvage
S'augmentait aux ardeurs d'un soleil irrité,
Tombant du ciel en feu sur un sol dévasté.
Vers midi, j'atteignis les humides prairies
Où Gripp dans les noyers cache ses métairies;

L'Adour y bouillonnait sous des massifs épais,
Où je courus chercher la fraîcheur et la paix.
— O délices de l'ombre et des eaux murmurantes,
Après tout un matin de marches haletantes !
O douceur du gazon que foule un pied meurtri !
Volupté du repos ! — C'était un vert abri,
Un îlot que le Gave entourait de son onde
Et berçait jour et nuit. Là, tout un petit monde :
Des frênes, des sureaux, des platanes voûtés,
Par les martins-pêcheurs de vieux saules hantés,
Puis des reines-des-prés fleurant l'amande amère
Et baignant leurs bouquets au courant de l'eau claire ;
Enfin un moulin clos, solitaire et muet,
Car c'était un dimanche, et rien ne remuait.
Dans l'obscur déversoir l'eau bleue et pailletée,
Goutte à goutte, coulait sur la roue arrêtée ;
Des pinsons picoraient des grains mûrs sous l'auvent
Et vis-à-vis du seuil, au moindre coup de vent,
Les frênes inclinés ouvraient des échappées
Soudaines sur les prés, dont les herbes coupées
Embaumaient l'air, sur les maïs, sur les blés d'or :
Puis les regards montaient plus loin, plus haut encor,
Jusqu'aux pics où la neige éblouissante et pure
Découpait sur le ciel sa blanche dentelure...
O Brizeux ! A l'aspect de ce site béni,

Si rustique et pourtant s'ouvrant sur l'infini,
Ce fut ton nom qui vint d'abord à ma pensée.
— Ainsi, le soir du bal, Charlotte à la croisée,
Ecoutant le bruit sourd de l'orage calmé,
Invoquait de Klopstock le souvenir aimé [1].
Comme ce coin de terre et cette eau bourdonnante,
Ta sobre poésie est fraîche et consolante,
Et, comme eux, par delà son champêtre horizon,
Ses landes, ses blés noirs et sa simple maison,
Elle a sur l'idéal de soudaines percées
Par où l'esprit s'enfuit loin des routes tracées.

Pourquoi, frère de Burns, es-tu si vite allé
Dormir au confluent du Scorf et de l'Ellé ?
Des vrais servants de l'art le groupe diminue,
Tandis que chaque jour la profane cohue
S'accroît ; son flot vulgaire inonde et corrompt tout :
Les mots, les sentiments, la pensée et le goût.
Notre époque est malade, épuisée, hâletante ;
Elle est comme Sisyphe et soulève, impuissante,
Son orgueil qui toujours retombe et sous son poids
L'écrase... Tu donnais au chanteur Trégorrois,
Jannic Côz, ce conseil digne d'un vrai poète :

1. *Werther.*

« Ne chantez pas à pleine tête,
Faites pleurer les yeux et soupirer le cœur. »
Maintenant que notre art, déchu de sa grandeur,
Comme un oiseau tombé du nid se traîne à terre,
Que n'es-tu parmi nous, maître à la voix austère ?
A cette heure du doute et de l'affaissement,
Où tout ressort moral se détend sourdement,
S'il est une œuvre encor qui relève et soutienne,
Noble artiste Breton, ô Brizeux, c'est la tienne.
C'est cette poésie aux discrets horizons,
Chantant les cœurs naïfs et les pauvres maisons ;
C'est la Muse de Burns, fille de Théocrite,
Qui raconte la mort d'une humble marguerite,
Qui hante les bergers, et, le samedi soir,
Au foyer de la ferme avec eux vient s'asseoir.
Elle aime les enfants, les souffrants, les timides,
Les pleurs dissimulés au fond des yeux humides,
Les dévoûments obscurs, les labeurs dédaignés,
Les cœurs souvent meurtris et toujours résignés ;
Et dans ses vers émus consolant toute peine,
Célébrant toute joie, elle est vraiment humaine.

Ah ! chantons les petits ! Depuis assez longtemps
Nos vers ont retenti de grands mots éclatants,
Et nos ambitions, hautes de cent coudées,

Ont faussé nos accents et faussé nos idées.
L'orgueil sur ses sommets nous a tous égarés,
Soyons humbles afin de redevenir vrais;
Voilà la mission réelle du poète.
Qu'importe que la foule ondoyante et distraite
Soit lente à saluer nos chants nouveau-venus;
Chantons quand même... Aux pleurs des amis inconnus
D'autres larmes viendront s'unir silencieuses,
Et cet humide écrin de perles précieuses,
Ce trésor rare et pur comme le diamant,
Des rayons de la gloire éclairé lentement,
S'augmentera sans cesse avecque les années.

Ainsi, dans le granit, au sein des Pyrénées,
Les siècles ont creusé de secrets souterrains,
Obscures profondeurs, vierges des pas humains,
Où l'onde des glaciers, pénétrant goutte à goutte,
Se cristallise au bord des pierres de la voûte.
L'invisible travail lentement se poursuit,
Les cristaux aux cristaux s'ajoutent dans la nuit.
Puis, un jour, un passant se hasarde à l'entrée
Qui mène jusqu'au fond de la grotte ignorée :
Il avance... O merveille ! un dôme étincelant
Reflète la lueur du flambeau vacillant.

Allumez un grand feu ! Prodiguez la lumière !
Plus de lumière encor !... La grotte tout entière
Va révéler aux yeux son mystère éclatant.
Le féerique palais de marbre au loin s'étend,
Et du haut de la voûte, ainsi que des dentelles,
Pendent de blancs faisceaux de stalactites frêles...

Aux rives de l'Adour, assis auprès de l'eau
Et rêvant comme toi, jadis, au Pont-Kerlô,
Ainsi je t'invoquais, Brizeux ! — L'ombre croissante
Du haut des monts tombait sur l'île bourdonnante ;
Aux entours, mille bruits retentissaient confus,
Les toits de Gripp fumaient dans les noyers touffus,
Et de mille vapeurs la campagne baignée
Du charme de tes vers me semblait imprégnée.
Les blés mûrs, le village aux rustiques rumeurs,
Les senteurs des regains, le son des flots chanteurs,
Tout célébrait la Muse intime et familière.
A pas lents je quittai cette île hospitalière,
Et longtemps je redis en suivant mon chemin
Ces vers de Théocrite ainsi qu'un doux refrain :
« La cigale jaseuse à la cigale est chère,
Et l'épervier rapide, à l'épervier son frère ;

La fourmi suit sa sœur dans l'herbe des buissons ;
Et moi, j'aime la Muse et ses jeunes chansons.
Que toujours de chansons ma demeure soit pleine.
Le sommeil est moins doux, moins suave est l'haleine
Du printemps qui renaît ; aux abeilles, les fleurs
Sont moins chères, qu'à moi la Muse et ses faveurs. »

AU SOMMEIL

I

Sommeil, dieu de l'enfance, ô dieu jeune et joyeux,
Tu répands tes pavots odorants sur les yeux
Des hommes fatigués. Sans ta sollicitude
Le vieux monde avant peu mourrait de lassitude.
Ami, ton charme rend au cœur sa liberté.
Pendant le jour, le cœur est en captivité.
La poitrine l'étreint et l'enferme; autour d'elle
Les beaux rêves dorés en vain battent de l'aile,
Car, debout sur le seuil de l'étroite prison,
Ainsi qu'un froid geôlier se dresse la Raison,

Effrayant et chassant au loin la Fantaisie.
Mais la nuit, ô Sommeil plus doux que l'ambroisie,
Sous le ciel étoilé l'âme, libre à son tour,
Comme Héro guettant Léandre sur sa tour,
Attend l'heure où, poussé mollement vers la grève,
Tu viendras sur la mer vaporeuse du rêve...

II

O rêves qui pleuvez sur le front des dormeurs,
Pareils aux blancs flocons qui des pommiers en fleurs
Tombent, lorsque le vent souffle dans la nuit tiède,
Je ne vous maudis pas!... Vous êtes un remède,
Un doux calmant pour plus d'un cœur endolori.
Souvent au fond d'un songe un esprit appauvri
A retrouvé soudain sa jeunesse et sa sève.
Je ne te maudis pas, Sommeil, père du Rêve,
Toi qui, pendant la nuit silencieuse, ourdis
Tes fils soyeux autour des cerveaux alourdis.
Comme le vieil Éson dans la cuve magique,
La Volonté renaît et s'élance, énergique,
Du bain mystérieux de tes molles vapeurs.

Mais, ô Sommeil perfide, et vous, songes dupeurs,
Vous ressemblez au suc de la froide ciguë
Qui nous guérit suivant la dose, ou qui nous tue.
Plus d'un s'est abreuvé de votre lait d'oubli ;
Mais quand il a voulu lever son front pâli,
La lumière, inondant la réalité crue,
D'un éclat trop brutal a fatigué sa vue...
— Un Rêve, un Rêve encore ! — Et le pesant bandeau
Sur sa paupière ouverte est tombé de nouveau.
En mangeant du lotus aux champs d'Éthiopie,
Les compagnons d'Ulysse oubliaient leur patrie ;
Ainsi l'esprit longtemps par le Rêve hanté
Perd son plus vigoureux ressort : — la volonté.
Pour vivre et pour agir, en vain il se soulève ;
Il essaye un effort... « Reste ! » lui dit le Rêve.
Il retombe, et, troublé d'obscures visions,
Perdu dans le néant des contemplations,
Du fond de l'ombre, il voit passer avec envie
Le groupe fier de ceux qui marchent dans la vie.

TOAST

A la Hollande! A la jeunesse
       De ses vastes prés toujours verts,
Où l'on voit tournoyer sans cesse
L'aile des moulins dans les airs!
A ses *grachts* où, comme une bande
De blancs oiseaux rasant le port,
Les grands vaisseaux prennent l'essor
       A la Hollande!

A la Hollande! A la jeunesse
De ses chefs-d'œuvre merveilleux
Où tout s'unit : force et tendresse,
Pour charmer le cœur et les yeux;

Où tout : — l'histoire et la légende,
Les champs, la maison, la cité, —
Est peint pour l'immortalité.
    A la Hollande !

A la Hollande ! A la jeunesse
Qui croît sur son riche terroir !
A ses enfants, blonde promesse !
A ses filles, douces à voir !
A ses fils, robuste guirlande
Qui de la Frise à la Zélande
Donne sa sève et sa vigueur
Pour la patrie et pour l'honneur !...
    A la Hollande !

Leyde, 10 février 1881.

LE POSTILLON

A Albert Mérat

C'ÉTAIT une nuit de printemps ;
Partout sérénité parfaite.
De légers nuages flottants
Planaient sur la nature en fête.

Tout dormait : les bois, les prés verts
Et les étangs dans la nuit brune ;
Seule, sur les chemins déserts
Veillait la clarté de la lune.

Les sources tout bas murmuraient
Et, dans le silence des plaines,
Les fleurs rêveuses exhalaient
En flots de parfums leurs haleines.

Leste et bruyant, mon postillon
De son fouet n'était point avare;
Son cor aux échos du vallon
Envoyait sa vive fanfare.

Au galop, nos quatre chevaux
Couraient dans la nuit azurée,
Faisant trembler sous leurs sabots
Le sol de la route ferrée.

En un clin d'œil, plaine et forêt
S'enfuyaient, à peine entrevues;
Comme un songe s'évaporait
Le village aux paisibles rues.

Soudain, dans la splendeur de mai,
Voilà qu'un pauvre cimetière
Apparut, de murs blancs fermé
Et dressant haut sa croix de pierre.

Le postillon sur le chemin
Sauta, puis d'un air grave et sombre
Contint ses chevaux d'une main,
Et me montrant la croix dans l'ombre :

« Il faut nous arrêter ici.
Vous n'en serez pas bien malade,
Et moi... Dans sa fosse transi,
C'est là que dort mon camarade.

« Un joyeux garçon, un cœur d'or,
Un ami, monsieur!... Quel dommage !
Personne ne jouait du cor
Comme lui, les jours de voyage !

« Ici je passe bien souvent,
Et toujours en guise d'aubade
Je sonne l'air qu'en son vivant
Préférait mon vieux camarade... »

Il prit le cor, et sa chanson
S'envola vers le cimetière,
Si gaîment que le compagnon
En dut tressaillir dans sa bière.

La claire fanfare du cor
Revint, par l'écho renvoyée,
Comme si le postillon mort
Répondait sous l'herbe mouillée...

Nous repartîmes au galop;
Mais bien longtemps je crus encore
Entendre au loin, comme un sanglot,
Cet écho dans la nuit sonore.

(Imité de Lenau.)

IMPRESSION D'OCTOBRE

Un vent frais fait voler les feuilles ; on dirait
Qu'il murmure l'adieu du soir à la forêt.

La lune monte et luit. De blancs nuages glissent,
Rapides, effarés, sur les bois qui gémissent.

Là-bas, un ruisselet court dans l'herbe, emportant
Des feuillages jaunis qu'il traîne en sanglotant.

Jamais source en pleurant n'eut de plainte si douce...
Tout près, un saule tord ses bras rongés de mousse.

14

Songeant à mes chers morts, penché sur le talus,
J'écoute, et l'eau me dit : « Nous ne nous verrons plus ! »

Tout à coup l'air s'emplit d'une rumeur croissante ;
- C'est un vol de halbrans que l'hiver épouvante.

Par-dessus la colline et le val ténébreux
Ils fuient, laissant le froid et la mort derrière eux.

Où vont-ils ?... Dans le vent leur tourbillon qui passe
Vers l'horizon brumeux déjà plonge et s'efface ;

Mais de leurs cris lointains la confuse rumeur
Me met la nostalgie et la tristesse au cœur.

Vers le Sud ils s'en vont en chantant. — Vaine joie !
Au Midi comme au Nord la mort atteint sa proie.

La Nature, en ses vains rêves d'éternité,
S'agite et voudrait fuir le trépas redouté,

Et la longue clameur des oiseaux de passage
De ce rêve fiévreux semble le cri sauvage...

Tout s'apaise. Ils sont loin maintenant. Plus un bruit.
Seul, le doute en mon cœur commence un chant de nuit.

« La vie humaine est-elle un faux semblant ?... N'est-elle
Qu'un mirage, un reflet de la vie éternelle ?

« Et si ce n'est qu'une ombre, à quoi bon ce tourment,
Cette peur de la mort et de l'effacement ?

« Cette angoisse elle-même est-elle une chimère,
La tremblante lueur d'un reflet éphémère ?... »

— Ainsi je vais songeur, et, comme à l'horizon,
Les brumes de la nuit flottent sur ma raison.

(Imité de Lenau.)

LA CHANSON DE L'OISEAU BLEU

Ainsi qu'un voyageur aveuglé de soleil,
Las des chemins pierreux et des plaines brûlées,
Va chercher en plein bois le frais et le sommeil,

Ayant laissé la ville aux brutales mêlées,
Où la chair à l'esprit livre un combat sans fin,
Je suivais des forêts les profondes allées.

Tout y dormait : pas un bruit d'eau dans le ravin,
Pas une fleur parmi les sentiers de la combe,
Pas même un vol d'insecte aux élytres d'or fin.

14.

Comme une majesté royale qui succombe,
Drapée en sa verdure ainsi qu'en un linceul,
La forêt morne avait des silences de tombe.

Tous les chanteurs semblaient partis ; un oiseau seul,
Étrange, au bleu plumage, à l'ardente prunelle,
Volait de branche en branche au sommet d'un tilleul ;

Et faisant chatoyer la splendeur de son aile,
Il soupirait un chant fier et triste ; sa voix
Sous les rameaux muets résonnait solennelle.

Il chantait : — « Les héros et les dieux d'autrefois
Sont morts ; l'herbe d'oubli pousse sur leurs images ;
Les cieux comme les cœurs sont arides et froids.

« Vers les monts lumineux, gloires des anciens âges,
Un vulgaire océan roule ses masses d'eau,
Éclaboussant leur cime avec ses flots sauvages.

« Le vieux monde agonise, et le monde nouveau
Brisera dans ses doigts les dernières idoles,
Comme un enfant cruel et dur dès le berceau.

« Les foules, ignorant l'Art pur et ses symboles,
Ne comprendront plus rien au chant des lyres d'or ;
Adieu le rythme ailé des sons et des paroles !

« Ceux-là seront fameux qui crieront le plus fort,
Et les nouveaux venus, en haine du mystère,
Poursuivront l'Idéal jusqu'au seuil de la mort.

« Ils abattront avec leur hache utilitaire
Le seul temple resté debout sur votre sol :
La forêt, poésie et parfum de la terre.

« Vos fils n'entendront plus le chant d'un rossignol,
Ni le murmure frais des branches où bourdonne
La source, que le merle effleure de son vol.

« Lugubre, terne et gris comme un déclin d'automne,
Le monde sans oiseaux, sans amour et sans Dieu,
Décrira dans le ciel son cercle monotone.

« Mais je ne verrai pas cette agonie… Adieu !
Pour la dernière fois, ô race tard venue,
Tes enfants ont ouï le chant de l'Oiseau bleu ! »

La voix, sous les tilleuls obscurs de l'avenue,
S'éteignit brusquement; je vis l'oiseau divin
Déployer sa grande aile et monter dans la nue...

Et je tombai navré dans l'herbe du ravin.

LE DERNIER BAISER

———

A M. Hubert de Confévron

P UISQUE chacun, Madame, a narré son histoire,
    Dit Tristan, à mon tour !... Au fond de ma mémoire
J'en garde une, et tandis qu'on prépare le thé,
Je vais vous la conter dans sa simplicité.
Le souvenir m'en est doux comme un tête-à-tête
Avec un vieil ami qu'on retrouve et qu'on fête.
Elle bat un rappel de jeunesse en mon cœur,
Comme on dit qu'un bon vin rappelle son buveur...

C'était pendant les jours gris d'une fin d'octobre,
Et je touchais à l'âge où l'homme devient sobre
Forcément, n'ayant plus pour suivre le plaisir
Que le souffle trop court d'un impuissant désir.
Le front se dégarnit et la barbe grisonne,
On exhale une triste et rance odeur d'automne ;
C'est navrant… Bref, j'avais le spleen et m'étais mis
Au vert, loin du Paris viveur, chez des amis ;
Dans un village obscur, tout arrosé d'eau vive
Et couronné de bois, qu'on appelle Auberive.
Le pays est charmant, sauvage, intime et frais,
Plein de fleurs, embaumé du parfum des forêts.
Seul, un grand bâtiment à mine sépulcrale
Fait tache et l'assombrit : c'est la *Maison centrale*,
— Une prison bâtie au milieu des jardins
Abbatiaux d'un vieux couvent de Bernardins. —
Des femmes, que le vice ou le crime a damnées,
Comme au fond d'une tombe y vivent des années,
N'ayant que les chéneaux des toits pour horizons
Et ne sachant plus rien des jours ni des saisons.
Enfermée à vingt ans dans cet enfer de Dante,
Plus d'une en sort ridée et la tête branlante ;
Plus d'une, après des mois de silence absolu,
Quand sa grâce est signée et son temps révolu,

Arrive au clair soleil, épeurée et honteuse,
Comme un oiseau de nuit qui d'une aile boîteuse
Bat les airs et se cogne aux murs.

                    Or, le hasard
Fit justement qu'au jour marqué pour mon départ,
L'une d'elle sortait, sa peine étant finie.
« Cette nuit vous aurez galante compagnie,
Me dit le conducteur sur son siège campé
Et d'un clin d'œil narquois me montrant le coupé,
La *Centrale* a lâché ce soir une hirondelle,
Et vous voyagerez tête à tête avec elle.
Ne vous en plaignez pas pourtant... Elle est, ma foi,

Jeunette et fort jolie... Un vrai morceau de roi ! »
La libérée était déjà dans la voiture.
Très jolie en effet : vingt-cinq ans, la figure
Mignonne, avec de beaux grands yeux d'un bleu rêveur;
Le teint avait la mate et morbide pâleur
D'une plante poussée à l'ombre d'une cave,
Mais les lignes étaient d'une grâce suave,
Et le buste moulait son exquise beauté
Sous le corsage étroit d'une robe d'été ;
— Pauvre robe de toile, en maint endroit crevée,
Qu'elle portait jadis au jour de l'arrivée,

Et que, d'après la règle et malgré la saison,
Elle avait dû remettre en quittant la prison...
Sans relever les yeux et sans ouvrir la bouche,
Dans son coin déjà sombre elle restait, farouche;
Et moi, me demandant quelle perversion
Précoce ou quel sauvage éclat de passion
L'avait, si jeune, avec sa mine virginale,
Jetée en ce bourbier de la *Maison centrale*,
Je sentais s'amollir mon cœur de vieux garçon.

Le jour tombait. La pluie, avec un lent frisson,
Jonchait de débris morts la boueuse traverse
Où nos chevaux trottaient lourdement sous l'averse.
Dans le coupé, dont les carreaux étaient cassés,
L'air pénétrait plus âpre, et les membres glacés
De l'enfant grelottaient sous la mince lustrine
De son corsage usé couvrant mal la poitrine.
Ses dents claquaient, son corps sur lui-même plié
Tremblait comme la feuille au vent... C'était pitié!
Enlever lestement ma pelisse et l'étendre
Sur ce corps féminin si tremblant et si tendre,
Ce fut, vous le pensez, l'affaire d'un moment.
Elle balbutiait, et le saisissement
Paralysait les mots sur ses lèvres timides;
Mais ses yeux expressifs aux prunelles humides

Dans l'ombre me criaient un éloquent merci...
Quand la bonne fourrure épaisse eut réussi
A réchauffer sa chair déjà tout engourdie,
L'enfant posa son bras sous sa tête alourdie
Puis s'endormit... Et moi ?.. mon Dieu, j'en fis autant!
Et jusqu'au petit jour le courrier cahotant,
A travers les bois noirs et la plaine pierreuse,
Nous berça chastement dans sa caisse poudreuse.

Vers l'aube, dans un coin m'éveillant en sursaut,
Je sentis sur mes doigts un souffle moite et chaud;
Et je vis à mes pieds la blonde pécheresse
Qui pressait sur mes mains sa bouche avec tendresse,
Et pleurait... Pour payer mon très léger bienfait,
Elle me prodiguait les seuls biens qu'elle avait :
Ses caresses... Ma foi! jamais, je vous le jure,
L'amour ne m'a donné jouissance plus pure
Que le baiser naïf et désintéressé
De cette pauvre enfant, honteuse du passé
Et me remerciant d'avoir su voir en elle
La femme malheureuse et non la criminelle.

Nous étions arrivés, et j'avais cru devoir
En la quittant parler de courage et d'espoir :
« Elle était jeune encore, le travail purifie,

Elle pouvait par lui régénérer sa vie... »
Je lui serrai la main, puis, dans le jour mouillé
Qui filtrait, terne et froid, du fond d'un ciel brouillé,
Ayant vu lentement son fin profil de vierge
S'enfoncer sous le porche enfumé d'une auberge,
Je partis, mieux portant et meilleur, réchauffant
Mon cœur au souvenir de ce baiser d'enfant,
Le plus délicieux, — et le dernier, — Madame,
Qui soit tombé pour moi des lèvres d'une femme.

TABLE DES MATIÈRES

TABLE DES MATIÈRES

A LA PAYSE

LES OISEAUX DU PAYS

PETITS POÈMES

LE DERNIER BAISER

Achevé d'imprimer

Le premier novembre mil huit cent quatre-vingt-deux

PAR CH. UNSINGER

POUR

ALPHONSE LEMERRE, EDITEUR

A PARIS